INES

AF131563

M.U.S.E

Musical Universal Scientific Exploitation

« Le monde a commencé sans l'homme
et il s'achèvera sans lui. »

Claude Lévi-Strauss

© 2014, Inès Liernard
Edition : BoD - Books on Demand
12/14 rond-point des Champs Elysées, 75008 Paris
Imprimé par Books on Demand GmbH, Norderstedt, Allemagne
ISBN : 9782322035038
Dépôt légal : Janvier 2014

Merci à tous ceux qui m'ont aidée dans cette démarche, à ma mère qui me soutient depuis mes débuts, à tous ceux qui m'ont lue et critiquée, car cela m'a permis de grandir. Merci enfin à mon mari à qui je dédie ce livre, car sans lui il n'existerait pas.

CHAPITRE I

MAX

Dans la petite ville de Juke Land :

« Il fait jour. Le ciel n'a toujours pas changé de couleur. Tout va pour le mieux. Je me suis décidée à lui parler. Je mets en marche la tonalité. Tout cela m'étourdit et je sombre dans une profonde transe sans nom. Mes membres s'évaporent. Je reste là, telle une poussière, une fumée qui émane d'une cigarette…pour l'attendre. Il viendra aujourd'hui. Je le pressens mais pas moyen de le rencontrer. La chaleur m'étouffe. J'essaye de crier son nom mais…lequel est-ce déjà?... J'en tente un au hasard, un de ceux qui me semblent le plus familier, mais rien ne se fait entendre. Pas le moindre petit bruit. Juste le sable et cette chaleur constante, oppressante. J'avais pensé que ce jour serait le bon…

Je décide alors d'avancer dans le sable. A petits pas, sans aucun bruit, je découvre le nouveau monde que je me suis créée. Aucune ressemblance avec celui d'avant! C'est un endroit désert, sans aucune trace de vie. L'air mêlé de sable fumant me serre la gorge.

En avançant un peu, je m'aperçois que l'on peut entrevoir quelque chose à l'horizon. C'est une tour. Peut-être est-ce un village… Je continue ma route sans savoir pourquoi j'avance, puisque je ne l'ai pas trouvé. Il n'est pas là. J'avais tant espéré pourtant. Je resterai ici, je ne veux pas repartir. Je le chercherai toute l'après-midi. »

Et ce matin-là, à New Land :

« Il faut remettre les couleurs dans l'ordre. Elle me le répète depuis ce matin. Je m'en fous. Je sais que je sais le faire. « De quelle couleur est le ciel? » Je le sais. Il est rouge! Comme mes yeux, comme ma peau! Vous ne m'aurez pas, j'ai tout compris. On me croit fou mais je pense mieux que tous ces hommes qui déambulent dans les rues avec une image dans la tête, toujours la même. Ce sont des disques durs, des bases de données…Et moi, je suis fou. J'ai appris à voir autrement. Mes couleurs ne sont plus les vôtres. « Je » est un autre. Je suis plongé dans un océan de tourments indescriptibles, de souffles inconnus que personne ne voit. Je les ai vus. J'ai eu une révélation. Et la voilà qui revient. Non! Ce n'est pas fait! Je ne le ferai jamais. Laissez-moi mes couleurs. Laissez-moi ingurgiter des pierres pour vous les cracher. Je suis un monstre. Je vais créer un autre monde et vous n'y pourrez rien. Je suis un fou. Préparez-vous à me voir arriver, la tête ensanglantée, les clous aux mains que vous m'aurez obligé à porter. Je serai celui qui portera le nouveau monde sur ses épaules, celui qui vous fera oublier les phrases toutes faites que vous débitez à longueur de journée, les idées préfabriquées de vos méninges congelées. »

Dans la rue down sombre de la ville de Juke Land, un petit appartement peu éclairé se dessine à travers le brouillard et la pluie incessante :

« Malin, le pull qui vous va bien.

Un peu de Blu, et c'est la vie qui continue.

Prenons Andy, changeons de vie »

« Avec le nouveau Flashdent

Croquez la vie à pleines dents »

« Tu, tu, tu, tu…Tu, tu, tu, tu…

Et la vie qui continue! »

« Je la trouve véritablement extraordinaire cette nouvelle chanteuse! Tu as vu la façon dont elle s'habille? »

Max se retourne pour la regarder.

« C'est vrai qu'elle n'est pas mal. Mais j'aimais beaucoup celle d'avant.

- On ne peut pas toujours voir les mêmes. On s'en lasserait.

- Oh! Elle aurait pu rester un peu plus longtemps!

- Mon fils est amoureux! »

Il souffle d'indignation et part dans sa chambre. Les lumières fusent dans la maison. C'est une nouvelle ambiance que maman saxie vient de mettre en place il y a quelques jours. Lorsque tante Zooka a su cela, elle a accouru pour la voir. C'est magnifique. Les lumières dansent sur les murs et les vitres, et la musique se fond tant avec l'atmosphère que la maison semble transportée dans un autre temps. Les couleurs donnent de la vie à la pièce.

« C'est incroyable comme cette théorie des couleurs est véridique! » s'était exclamée tante Zooka qui avait lu entièrement le livre du docteur Conahart. Maman saxie s'était contentée de lui répondre qu'elle se sentait bien. Elle pouvait enfin s'asseoir dans le fauteuil et penser à autre chose en écoutant la musique. La pièce était beaucoup trop sombre avant.

« Stélia n'est toujours pas revenue.» pensa-t-elle tout à coup.

Elle était, en effet, partie depuis bien longtemps.

Si l'on continue à longer la rue de Max, on y découvre vite une vieille usine désaffectée, ainsi qu'une entrée sombre s'apparentant à une porte de placard. Lorsqu'on y entre, la porte grince et un long écho se fait entendre comme si le lieu n'avait pas été habité depuis des siècles. Le long du couloir, une pièce apparemment petite mais tellement longue qu'elle finit par en devenir gigantesque. :

« Je vais l'acheter! Je vais l'acheter! »

La porte claque. Jimmy se précipite dans la boutique. Il ne sait plus tenir en place. Ses membres s'agitent, dans une danse nerveuse et incontrôlable. Il se jette sur le comptoir.

« Je suis venu acheter un Muse, s'il vous plait. »

Le vendeur part chercher le Muse. C'est le cadeau d'anniversaire de Jimmy. Il en avait tant rêvé jusqu'à ce jour. Déjà, une gouttelette coule le long de sa tempe.

« Tiens, mon petit. Ça te fera 400

Euros. »

Jimmy sort l'enveloppe, la main tremblante. Il donne l'argent et s'enfuie sans prendre le ticket de caisse.

« C'est incroyable comme ça marche ces nouvelles machines avec les enfants! J'en ai déjà vendu quatre cent dans la journée. Ils se l'arrachent tous. C'est comme l'invention du projecteur de lumières. Les gens achètent quelques couleurs différentes, puis après ils en achètent de nouvelles. Ça ne s'arrête pas. »

Il se met à ranger. C'est une grande

boutique. Les machines les plus originales les unes que les autres y sont empilées dans d'immenses vitrines. Les lumières emplissent la pièce mais ce ne sont jamais les mêmes. Elles se propagent telles des fusées. Véra était très content d'avoir découvert ce système où les lumières s'échangent, se multiplient et se mélangent à l'infini. « C'est unique! » s'étaient écriés ses clients. Il y en a même certains qui viennent dans le magasin juste pour s'évader dans cette utopie multicolore, qui cache un dédale de vieilles machines rouillées aux couleurs de l'enfer.

A ce moment précis, dans la maison de Max :

« Tiiiiiiiit Tiiiiiiiit » C'est prêt!

« Malin, le pull qui vous va bien! »

Quoi? « Tiiiiiiiit Tiiiiiiiit » « Bom di bom di bom bom » Oh! Et lui qui n'arrête pas sa musique! « Et la vie qui continue! » C'est prêt! Mais il ne va pas manger, encore une fois! « Tiiiiiiiit Tiiiiiiiit » « Pouet Pouet! » Et sa sœur, où est-elle? « Tiiiiiiiiiiiit Tiiiiiiiit » « Bom di bom di bom di bom bom » « Ti doummmmmmmmm »

Venez manger ! « Tiiiiiiit Tiiiiiiit »

« Mais qu'est-ce qui se passe dans cette maison? Je sonne et personne ne vient ouvrir… Je recommence… »Ti doummmmm » « bom di bom di bom bom » Je vais ouvrir, je crois qu'on vient de sonner! « Ti doummmmmmm » J'arrive! « Click clack » Ah ! C'est toi! On t'attendait justement. Bon…Je crois que personne n'est motivé pour manger avec nous. Ils se sont tous levés tard, tu comprends. Nous mangerons tous les deux.

« Tiiiiiiiiit Tiiiiiiiiit »

Maman Saxie a ouvert à Jean, le voisin. Il vient parfois manger avec eux, mais ce midi, il manque deux personnes à table, et surtout une dont l'absence se fait longue :

« Des montagnes… Et ce ciel toujours magnifique. Les fleurs qui dévoilent leur parfum sans même que l'on prenne la peine de les cueillir. Je suis émerveillée. Je vogue sur un océan de bleu, de rose, de couleurs pastelles aux senteurs variées. Lavande, jasmin, violette, lilas, chèvrefeuille, muguet…j'ai comme une envie de dévorer le monde, de le garder rien qu'à moi, de me fondre à lui… Amande, romarin, fleur d'oranger, chocolat, orange, vanille…Je vais me fondre en toi. Un monde de délices, de caramels et de nougats! Manger sans jamais pouvoir grossir, rêver sans jamais être obligé de s'arrêter pour écouter les leçons électroniques, le professeur virtuel, et tenter d'entendre ma mère qui hurle pour que je vienne manger. Plus jamais. Plus jamais. Et cette sensation de bien-être…Je n'ai jamais ressenti ça. Ce serait si beau si le monde était ainsi, si je pouvais vivre avec lui. Je le trouverai. Je le chercherai toute la journée. »

L'appartement tout entier semble endormi. Une journée sans vie, comme toutes celles que voient défiler maman Saxie et Max. Une atmosphère qui semble éternelle, comparable au flot de lumières, simulacre de bonheur dans un réel douteux.

« Laita laita, et et je m'engouffre dans les draps

Un peu de Bip, plus de soucis

Et en solo je bois la vie

Ta ta ta ta talala ta ta ta ta…

Laita Laita et je m'engouffre dans

les draps

Un peu de swis et tu souris

Et en solo tu bois la vie

Ta ta ta ta talala ta ta ta ta… »

« Une nouvelle chanteuse! Viens voir Max! C'est extraordinaire, je ne pensais pas que nous allions changer maintenant. Et tu as entendu la chanson? »

Max descend. Il n'a rien entendu. Il regarde la télé avec le walkman allumé.

« Bof. »

« Tu ne trouves pas ça intéressant? »

Maman Saxie semble s'impatienter. Elle arrache le casque des oreilles de Max et écoute. Déçue, elle le lui jette à la figure.

« Tu parles d'une chanteuse! Elle a au moins trois ans celle là! Et tu l'écoutes encore! Tu as vraiment des goûts de vieux! »

Max la regarde d'un air exténué.

« Tu me dis tout le temps les mêmes choses.

- Et alors? J'ai raison.

- Il y avait des chanteuses très bien avant. Celle-ci avait du talent.

- Balivernes!

- Tu ne veux jamais rien entendre. »

Max s'en va. Derrière lui s'évapore une odeur de drogue. Maman Saxie est déjà replongée dans la télévision. On est en train d'interviewer la nouvelle chanteuse nommée Roxanne. C'est le présentateur, Jimmy Flash, qui prend la parole:

« C'est incroyable! Vous venez juste d'entrer dans le marché de la musique et vous avez déjà un succès fou! Qu'en pensez-vous? C'est fantastique n'est-ce pas?

- Oui, c'est fantastique. Je ne pensais pas gagner autant d'argent d'un seul coup.

- Etant donné que vous êtes employée pour quelques semaines, que pensez-vous faire après votre carrière artistique?

- J'aimerais entrer dans la Pub, poser pour des affiches. Je trouve cela vraiment génial.

- Nous serions vraiment contents pour vous. Nous vous souhaitons un avenir prometteur. »

L'émission est finie. C'est alors au

tour des longues publicités, maman Saxie en a pour une heure devant elle et se délecte à regarder les nouvelles pubs présentées par des anciennes chanteuses.

En haut, dans la chambre de Stélia :

« J'avance dans ce monde aux odeurs les plus affolantes les unes que les autres. Par moments je m'évapore, je me laisse tomber dans les fleurs pendant quelques minutes et je m'endors. Non loin, un oiseau chante. Je me lève et l'aperçois. Il a de longues plumes bleu turquoise, oranges, rouges. Juste une seulement, noire, dépasse de sa queue. Il a un long bec doré. Je m'allonge et me laisse bercer par son chant. Il est si mélodieux. Je m'évanouis.

Je me réveille dans le silence le plus total. Un souffle près de mon oreille. C'est un jeune homme. Il s'est endormi à côté de moi. Ses longs cheveux blonds le font ressembler à une femme. Ses mains fines sont très blanches. Il a l'air d'un ange. Il est habillé tel un prince. Une plume bleue est accrochée à la manche de sa chemise en dentelle.

Je m'approche de lui pour mieux le regarder. Il semble se réveiller. Ses lèvres tremblent. Il lève la main vers le ciel. Son corps est emporté par de fortes secousses. Il devient rouge. Il se retourne alors vers moi en hurlant. Effrayée, je me recule et me rend compte que les fleurs ne sont plus là. Je viens de m'accrocher à une ronce.

Il s'approche de moi. Il me fait décidément trop peur. Je me mets à courir quand soudain, je m'arrête. Un étrange paysage vient de se découvrir à moi. Un ciel rouge, des ronces, des épines à perte de vue. Et cet homme… »

CHAPITRE II

ROXANNE

« Maman! »

Max vient d'entrer en furie dans la maison. Il court chercher sa mère. Maman Saxie est devant l'écran, comme hypnotisée. Elle n'a même pas entendu les hurlements de son fils. Les yeux rivés sur son émission préférée, elle reste là, sans bouger, les lèvres pendantes, le teint pâle. Max, encore tout excité, réitère son appel:

« Maman! »

Pas de réponse. Max la regarde fixement. Il se met à pleurer.

« Maman…La chanteuse est morte. »

Elle a tourné son visage. Elle le regarde, intriguée:

« C'est vrai? »

« C'est affreux, il y a du sang partout! Elle s'est jetée de son immeuble. »

Elle s'exclame, choquée:

« Sans ses chaussons flight! »

Max s'arrête. Le regard beat, consterné:

« Mais ce n'est pas un jeu! Elle ne s'est pas trompée! Elle s'est tuée, maman! Roxanne est morte.

- Elle aurait pu faire attention tout de même. »

Elle se retourne vers la télé.

« Ma séance de pub! »

« Plus d'oiseaux, plus de calme. L'air n'est plus que déjections de souffre. Au loin, la forêt brûle. Ce paysage ne me plait pas. Je m'avance peu à peu, me cachant à l'homme qui me suit. Il a la tête ensanglantée. Il hurle, s'arrache les cheveux, se mord les lèvres. Il est fou.

« Ahhhhhhhhhhhh!

Ahhhhhhhhhhh!… »

Son cri se perd dans la montagne.

Ce n'est pas lui que je cherchais.

Je le trouverai coûte que coûte.

Il avance toujours. Il se précipite sur les arbres brûlants pour les embrasser, pour se fondre a eux et sentir sa peau se détruire au fur et à mesure. Les bruits qui sortent de sa bouche deviennent de plus en plus imperceptibles. Son corps n'est bientôt plus qu'un immense brasier brûlant. Je me suis trompée. Ce n'était pas lui.

J'avance toujours. Au loin, il semble qu'une éclaircie a jailli de nulle part. Parmi les ronces et les épines commencent à réapparaître quelques fleurs jaunes. Mes jambes commencent à me faire mal. Je dois avoir trop marché. J'ai mal au ventre, aux reins. Je m'assois quelques secondes pour me reposer. Espérons qu'il y ait quelque chose à manger là-bas. »

« Viens voir les informations Max! ça va t'intéresser. »
Max descend en courant. Il s'assoit à côté de maman Saxie.

« Ils parlent de la chanteuse. »

« Un drame est arrivé dans la rue Swing du quartier Blue de la ville de March. En effet, une jeune chanteuse nommée Roxanne s'est jetée de la fenêtre de sa chambre en ayant l'intention de se tuer. Le commissaire, après avoir constaté l'absence de chaussons Flight défectueux, en a déduit qu'il s'agissait d'un suicide. La chambre a été fouillée de fond en comble pour tenter de trouver des objets susceptibles de prouver l'existence d'un meurtre.

La chanteuse, avant de se tuer,

semble avoir regardé sa dernière interview. Elle fumait de l'opium régulièrement et c'est, semble t'il, aussi l'un des derniers actes qu'elle ait fait avant de mourir.

La raison de ce suicide reste encore très obscure. C'est pour cela que nous avons décidé d'inviter Monsieur Valmont, directeur de la chaîne Music.

Bonjour Monsieur Valmont, que pensez-vous de ce drame qui vient de se passer?

- La pauvre femme…

- Pourriez-vous nous parler plus de sa personnalité? A votre avis, pourquoi s'est-elle suicidée?

- Je suis si bouleversé… Elle était si gentille.

- Monsieur, votre avis sur la raison de ce suicide.

- Je n'en sais rien.

- Vraiment?

- Je suis très pressé. Je ne pourrai pas rester longtemps. Je voudrais tout simplement dire à notre public de ne pas se lamenter en l'absence de nouvelle chanteuse. Nous sommes en train de réaliser un nouveau casting afin que leur nouvelle idole corresponde encore plus à leurs envies. Elle sera magnifique.

- Merci beaucoup Monsieur Valmont, et à bientôt. Maintenant, nous allons pouvoir laisser place à une courte page de publicité. Vous retrouverez sans plus tarder Jimmy Flash, pour votre émission préférée. »

Max s'est retourné pour parler à maman Saxie:

« Tu trouves cela intéressant? »

Elle se retourne, l'air étonnée.

« Qu'est-ce qui te dérange?

- Il n'a presque pas parlé d'elle. Elle s'est tout de même tuée. »

Maman souffle un grand coup, bois une gorgée de whisky.

« On ne peut pas s'apitoyer sur le sort du monde entier, Max. C'était une pauvre femme, elle est certainement mieux là où elle est.

- Et tu ne veux pas comprendre pourquoi une femme qui avait l'air si heureuse a voulu se tuer?

- ça ne sert qu'à se faire du mal. Elle est morte, c'est tout. On en aura bientôt une nouvelle et elle sera oubliée.

- Je ne te comprends pas.

- Tu comprendras plus tard. C'est toujours pareil. »

CHAPITRE III

REVELATION

Dans l'hôpital psychiatrique de Newland :

« La querelle excitée l'année dernière à l'Opéra n'ayant abouti qu'à des injures, dites d'un côté avec beaucoup d'esprit et de l'autre avec beaucoup d'animosité, je n'y voulus prendre aucune part; car cette espèce de guerre ne me convenait en aucun sens, et je

sentais bien que ce n'était pas le temps de ne dire que des raisons. Maintenant que les bouffons sont congédiés, ou prêts à l'être, et qu'il n'est plus question de cabales, je crois pouvoir hasarder mon sentiment, et je le dirai avec ma franchise ordinaire, sans craindre en cela d'offenser personne ; il me semble même que sur un pareil sujet toute précaution serait injurieuse pour les lecteurs ; car j'avoue que j'aurais fort mauvaise opinion d'un peuple qui donnerait à des chansons une importance ridicule ; qui ferait plus de cas de *ses musiciens que de ses philosophes, et chez lequel il faudrait parler de musique avec plus de circonspection que des plus graves sujets de morale. »*

- Docteur Conahart!

- Que se passe t-il, cher confrère?

- Le détenu s'est enfui. Il a laissé cette lettre pour vous.

- Il se foue de nous! Comment voulez-vous que je comprenne cela?

- A mon avis, dans son esprit troublé, cela doit représenter un message.

- Il est décidément encore plus fou que je ne le croyais. Cherchez-le dans le bâtiment. Il n'a pas dû partir bien loin.

Dans la rue Down, les pensées de Stélia semblent se propager à volonté, librement, sans aucune impasse. La matérialité lui semble inconnue, son corps, oublié, semble se réveiller à travers l'épaisseur du rêve qui l'emprisonne :

« Je marche depuis des heures. La lumière semble se rapprocher de plus en plus. J'ai mal. Une douleur alarmante se propage dans mon corps.

Des couleurs émergent alors du brouillard qui ne m'avait plus quitté depuis mon départ. Je me mets à courir et je découvre alors un jardin d'Eden. Des arbres fruitiers sont apparus. Je me précipite pour manger les pommes, poires, oranges à pleines dents. Quel soulagement! La douceur sucrée descend le long de ma gorge. Je suis enfin rétablie. Je bois l'eau des fontaines, je cours le long des chemins magiques. Les plantes sont encore emplies des gouttes de la rosée du matin.

Perroquets, cacatoès, toucans, oiseaux de paradis…tous se retrouvent dans ce paradis terrestre. Je cueille une jonquille jaune que j'accroche à mes cheveux. Je me plonge dans l'herbe mouillée. Une odeur de violettes chatouille mes narines…ah!

Et ces fleurs, ces perles sur mes cheveux, je…je…Une douleur aigue a parcouru ma jambe. Je me lève, j'essaye de la remuer mais…je tombe. Des épines me parcourent le corps. Je me retourne, des araignées se multiplient sur mon dos!

Je me lève de nouveau. J'ai un goût de sang dans la bouche. Je me remets à marcher mais il me semble que quelqu'un, sous mes pieds, dans les profondeurs de la terre, semble me tirer vers le bas. Je me sens lourde. Je ne peux plus avancer. »

La porte claque. Max s'est précipité dehors sans même prendre la peine de mettre son walkman.

Une mélodie parcourt la rue. Max a entendu cet air doux succédé d'une apogée où les guitares, la batterie et la voix du chanteur transporté par sa musique créent une émotion intense, unique. Il en a pleuré. Il en a oublié ses anciennes chanteuses, ses pubs, toujours les mêmes depuis des années. Il veut entendre perpétuellement ces sons magiques, émergés de nulle part, ces plaintes qui révèlent une humanité tremblante, et le cœur enfoui qui se découvre à tous.

Il a trouvé la source de ce prodige.

Un homme barbu parcourt les rues avec une étrange machine musicale. Max s'approche de lui pour lui demander le titre de la chanson, le nom du chanteur mais…il passe sans le voir. Max s'approche de lui, le frôle, mais le vieil homme semble perdu dans la mélodie. Il chante.

Pendant ce temps, chez Max, Stélia s'engouffre dangereusement dans un monde obscur…

« Le ciel a changé. Il est devenu rose. Des lumières se propagent, le soleil n'existe plus. Je me déplace maintenant en traînant mon corps, petit à petit. Je m'approche d'une fleur, une orchidée, une tulipe…une rose rouge. »

« Bom di bom di bom bom! »

Je caresse ses pétales. Elles se détachent peu à peu.

« Tiiiiiiiit Tiiiiiiiit ! »

« C'est l'heure de manger! »

Maman est là. Je…je…crier, juste crier. Leur dire que j'ai faim. Maman, pardonne-moi. Je n'aurais pas dû partir si longtemps. Pas… partir…

« Bom di bom di bom bom! »

« Un peu de Swizz!

La la la…

Un peu de chocolat!

La la la… »

Ah!…Ah!…

« Tiiiiiiiiit   Tiiiiiiiit! »,   « Pouet

Pouet! », «Tiiiiiiiiit Tiiiiiiiit »…

« Ti doummmmmmmmm! »

« Et encore personne qui ne répond

!»

« Un peu de Swizzzzzz! »

« Ti doummmmmmmmm! »

« J'arrive! »

« Click clack! »

« Je suis désolée de vous avoir fait

attendre. Les enfants ne viendront pas manger, encore une fois. Ce n'est pas grave, nous pourrons bavarder ensemble. »

La musique a recommencé. Maman Saxie n'a même pas vu sortir Max. Elle reste depuis quelque temps comme hypnotisée par l'écran. Bouger un bras, se lever pour manger, n'est même plus possible. Elle se noie dans un délire d'images et de sons. Elle se plait dans l'ambiance de la maison. Véra est un génie.

Jean est passé la voir hier et il lui a

raconté quelque chose de terrible. Il paraîtrait que les hôpitaux débordent d'enfants. Du jour au lendemain ceux-ci s'arrêteraient de manger, de dormir. Beaucoup seraient peut-être en train de mourir à l'heure qu'il est. Mais elle ne pense plus aux histoires de Jean maintenant. Et pourquoi seraient-elles vraies? Elles ne passent même pas à la télé. Pourtant la mort de Roxanne leur a été expliquée, elle.

La mort n'est plus qu'un songe devant l'écran. Ni Stélia ni Max ne sont là, mais elle n'est pas seule. Jimmy Flash ou une chanteuse sont en train de charmer leur public, puis on raconte la vie des stars. On montre Jimmy Flash en train de prendre un bain dans une baignoire en marbre. Il nous énumère le nombre d'onguents et de savons dont il se badigeonne le corps. Monsieur Valmont nous emmène dans des soirées où le champagne coule à flots, où on ne mange pas de la soupe en poudre…le paradis.

Deux jours plus tard :

« Monsieur! Monsieur! »

Le vieil homme n'a pas bougé. Il avance, la tête basse en fredonnant l'air qui envoûte Max. Ce dernier finit par lui attraper le bras. Le vieil homme, surpris, a tourné la tête. Il le regarde maintenant droit dans les yeux.

« Monsieur, je…voudrais savoir ce que vous écoutez… »

Le vieil homme enlève vivement le bras de Max et s'en va. Max se met à lui courir après, mais il presse le pas. Soudain, le vieil homme s'arrête. La police, bien qu'elle soit encore loin, avance vers lui.

Le vieil homme s'abaisse, appuie sur le bouton de sa machine et en sort un disque lumineux. Max le regarde attentivement, intrigué. Le vieil homme, tout en le fixant, lui glisse le disque dans la main.

Max, après un court instant de réflexion, s'éloigne peu à peu discrètement. L'homme se met à courir pour échapper à la police. Max le regarde partir. Ce mystérieux personnage a une santé d'athlète, il court à une vitesse inestimable. Le voilà qui escalade un mur pour monter sur un toit. Les policiers n'ont pas fini de le poursuivre.

Max examine la chose qu'il a entre les mains. Mille couleurs s'y propagent tout autour. On a une sensation de douceur lorsqu'on y pose le doigt. Il le retourne. Quelque chose y est écrit, dans un langage inconnu.

Il le met très vite dans sa poche et se précipite vers l'appartement pour le montrer à maman Saxie. Elle devrait, sans doute, savoir le nom de cette merveille.

« C'est un C.D. audio. »

Max n'a pas lâché du regard la chose qu'il a entre les mains. Depuis qu'il est entré dans la maison, il assomme maman Saxie de questions sur le passé. Une chanteuse est en train de se dandiner sur scène, et maman Saxie s'impatiente.

« Tu es sûre que cela s'appelle comme ça?

- Mais oui! »

Il se met à regarder les couleurs qui illuminent le cercle de couleur métallique.

« Ces couleurs peuvent donner de

la musique! Mais c'est incroyable! »

Il s'assoit à côté de maman Saxie.

« Tu ne trouves pas?

- On a quand même beaucoup évolué depuis. Il n'y en avait déjà plus quand je suis née. C'est dépassé. Laisse-moi tranquille maintenant. Sinon je ne vais rien pouvoir suivre. »

Max s'en va. Il monte dans sa chambre pour pouvoir admirer longuement son cadeau. Il essaye de déchiffrer le mot qui y est écrit, mais cela ne ressemble à aucun langage connu. De plus, l'image est tellement abîmée qu'on peut à peine distinguer les lettres.

« Il faudrait que je montre ça à Stélia. »

Maman Saxie a sursauté. On ne la laissera décidément jamais tranquille. Sans détourner la tête, elle se met à crier de toutes ses forces:

« Si tu continues, Max, je vais finir par m'énerver! »

Une main vient de se poser sur son épaule.

« Mais…que se passe t-il? »

Max la regarde, le visage livide.

Quelques gouttes de sueurs se propagent le long de ses tempes. Il respire très brusquement, comme s'il allait s'étouffer.

Maman Saxie finit par tourner son regard vers lui.

« Qu'y a-t-il, Max? Tu es malade? Tu es tout pâle. »

« Mam….Stélia… »

« Quoi! »

« Stélia…elle est morte! »

CHAPITRE IV

STELIA

Le cadavre de sa sœur, ce corps squelettique qui n'était plus un corps... Plus un souffle. Elle s'était éteinte. Max se la remémore. Il la revoit étendue sur le lit, la bouche béante, comme si elle essayait de dire quelque chose, d'hurler. Le visage détruit par la douleur, bleuâtre, et cette machine...Max l'avait jetée contre le mur, mais elle avait résisté. Il avait frappé dessus de toutes ses forces, aucun résultat. A croire qu'elle était indestructible. Stélia en avait tout oublié, même la vie. Ce jouet, son cadeau d'anniversaire.

Rêver jusqu'à en oublier de bouger, de manger, de parler à son frère…Rêver jusqu'à mourir d'illusion. Max avait laissé la machine. Il n'avait pas voulu la jeter dans la rue de peur qu'elle ne tue un autre malchanceux.

« C'est terrible… »

Maman Saxie est avec l'inspecteur.

Elle pleure à chaudes larmes. Elle ne se rend même pas compte que depuis toujours, Stélia n'existait pas. Elle pleure. Cette silhouette enveloppée dans un drap blanc ne lui rappelle pas sa fille. Un film est en train de se dérouler. C'est un nouvel épisode de la saga « Fictions » et maman Saxie est en train de jouer son rôle de mère. Des marionnettes. L'inspecteur, l'air de dire « Encore une suicidée, quand est-ce qu'on va faire de vraies enquêtes? », lui pose les questions conventionnelles.

« C'est étonnant, tous ces enfants

qui meurent, vous ne trouvez pas? »

Max est entré dans la salle. Il a le teint pâle et se tord nerveusement les mains. Il est secoué par de brusques tremblements et ses yeux fatigués divaguent. L'inspecteur n'a pas répondu.

« Vous ne voulez pas répondre? »

L'inspecteur a tourné le regard vers lui. Son air méprisant a quelque chose de dégouttant.

« Pure coïncidence »

« Etonnant qu'on n'en ait pas entendu parler, ni à la radio, ni à la télé…

- On parlera de votre sœur, ne vous en faites pas.

- Ce n'est pas cela qui me préoccupe »

Les yeux enragés de Max se sont rivés vers l'inspecteur. Il tient son point dans sa main pour ne pas qu'il explose dans la figure de cet homme froid et cynique.

« Qui est derrière tout ça? Et cette machine, d'où vient-elle? »

L'inspecteur, après avoir fait les dernières vérifications que réclame une enquête de routine, serre la main de maman Saxie qui a déjà repris son air de tous les jours.

Après les avoir salué, elle se dirige vers l'écran. Elle se prépare à y passer la nuit entière.

Max a enfoui le disque dans une poche en tissu qu'il garde toujours avec lui. C'est son trésor. Il sait que cet objet renferme quelque chose de magique. Cette musique…si Stélia l'avait entendue, peut-être ne serait-elle pas morte. Ce n'est pas comparable à cette machine. Son pouvoir envoûtant ne nous empêche pas de vivre. Elle apaise, subjugue, fait souffrir, rapporte des souvenirs de très loin. Ces variations, ces mélodies ajustées les unes aux autres…c'est magnifique.

Comment peut-on vivre après, sans elle. Sans cette liqueur rafraîchissante, cette douceur lointaine, que même une mère ne peut donner. Cette sensation qui fait monter les larmes aux yeux, pourrait à elle seule faire pleurer le monde entier s'il l'entendait. Elle est une force. Un être suprême se cache derrière tout ça.

Une mélodie qui pourrait faire pleurer maman Saxie. Il en est sûr.

« Pif plaf, un peu de douceur

C'est Vinceur qui rafraîchit le cœur

Pif plaf, que m'arrive t-il?

C'est Vinceur qui me redonne la ligne! »

« Max! »

Max a entendu crier. Il descend.

« Qu'y a-t-il?

- Tu pourrais m'acheter ça? Tu sais, le programme Vinceur...Je pense que Mike aimerait bien. Ça pourrait me rendre plus belle!

- Toi et tes potions miracles...

- Ils le disent à la télé!

- Bon...s'ils le disent à la télé...

- Tu y vas alors?

- Oui.

- Merci.

- De rien, mais tu n'oublies pas de faire à manger?

- Ne t'inquiètes pas, je vais y penser. Le programme Vinceur se prend avec une tartine et un peu d'eau.

- Hum… »

Max fixe l'écran, puis souffle, consterné :

« Tu ne travailles plus beaucoup en ce moment tu sais…

- Je sais. C'est pour mon bien-être.

- Tu ne penses pas refaire une ou deux pubs tout de même, pour qu'on puisse acheter de nouveau à manger?

- Le programme Vinceur me suffit…

- Pas à moi… Et tu vas te rendre malade avec tout ça.

- On prend une piqûre et on n'est plus malade mon chéri, tu le sais bien…Et puis, si tu veux manger, tu n'as qu'à travailler! C'est si facile de nos jours.

- Que veux-tu que je fasse? Je ne sais pas faire du graphisme comme toi.

- Parles-en à Mike, il te conseillera. »

Max se dirige vers la cuisine. Plus rien à manger, juste quelques soupes en poudre. Comme il aimerait pouvoir travailler. Il pourrait peut-être s'acheter quelques gâteaux.

Une ombre vient de passer à la fenêtre. Max s'est avancé, curieux. Il regarde attentivement.

« Rien… »

Il ouvre le sachet et verse un peu d'eau chaude dans sa tasse. C'est vrai qu'on a l'impression de manger quand on ingurgite ça. C'est chaud, sucré, il y a même quelques petits morceaux croquants. Mais…à la fin, on a toujours aussi faim.

Max regarde dans sa poche. Il lui reste quelques centimes du dernier petit travail qu'il avait réussi à avoir…vendre toutes sortes de gadgets par réseau. Des montres éblouissantes en toc, des chaussures en plastique, des sacs en pvc et des perruques violettes, roses, mais jamais naturelles. Ça avait duré quelques jours, et puis ils n'avaient plus eu besoin de lui.

C'est comme ça de nos jours. Il n'y a plus de travail, et quand on en a un, on est content de pouvoir manger de la soupe en poudre pendant six mois.

Max regarde ses trois malheureuses pièces.
« Maman! Je vais sortir! »
Maman Saxie n'a même pas entendu. Il se dirige vers la porte et part pour une longue promenade dans les rues boueuses de la cité.

« Que voulez-vous, jeune homme? »

Max vient d'entrer dans la boutique de Véra. Il regarde, l'air hébété, les nombreuses lumières projetées sur les murs, toutes ces machines empilées les unes sur les autres. Un véritable bric-à-brac.

« Il y a quelque chose qui vous intéresse? »

Max, qui a du mal à se remettre de ses émotions, lui répond timidement:

« Je cherche du travail… »

Véra lui répond d'un ton sec.

« Je ne cherche personne

- C'est vrai? »

Max a tourné les yeux vers lui,

l'air suppliant.

« Je ne trouve rien depuis ce midi. »

Véra continue à ranger la boutique, sans faire attention à Max, qu'il pousse pour pouvoir se déplacer aisément.

Max, déçu, se dirige vers la porte.

« Attendez! C'est la première fois que quelqu'un me demande de travailler ici. Si vous voulez, je peux vous prendre dans quelque temps, lorsque je recevrai un nouvel arrivage de machines. Je risque, d'avoir, à ce moment-là, beaucoup trop de travail pour moi tout seul.

- Merci! »

Max s'est mis à courir. Il est impatient d' annoncer la bonne nouvelle à maman Saxie. Il tient le programme vinceur qu'il n'a pas oublié d'acheter avant de partir. Il traverse les rues sans prendre garde aux voitures et aux flaques d'eau, ouvre la porte sans penser à la refermer, et se précipite dans le salon.

« Maman! »

Il s'approche du fauteuil. Maman Saxie n'est plus là.

« Qu'est-ce que tu fais devant ce fauteuil? Viens voir! Je suis sûre qu'on veut nous voler! »

Maman Saxie est réapparue, comme par magie. Max était déjà subjugué de la voir quitter le fauteuil, mais alors de la voir dehors, sur le balcon! C'est incroyable.

Il se ressaisit et lui demande ce qui ne va pas.

« Mais tu n'as rien entendu de ce que je viens de te dire! On veut cambrioler l'appartement, j'en suis sûre!

- Mais qu'est-ce qu'on a de bien

intéressant? Réfléchis un peu, ce n'est pas possible!

- Et la télévision, je ne veux pas qu'on me la vole!

- Tout le monde en a une!

- Ah oui! Et tous ces gens qui traînent dans les rues! Celui qui rôde autour de l'appartement…

- Quelqu'un est venu ici?

- Je l'ai vu, près de la fenêtre! »

CHAPITRE V

LE MONDE DE VERA

Plusieurs jours plus tard, Max a reçu un coup de téléphone urgent. Véra a besoin de lui. A cet instant, il s'est senti revivre. Il a enfilé en moins de trois secondes son gilet et s'est précipité dehors, tant qu'il n'a pas pensé à fermer les attaches de ses chaussures. Le voilà devant le comptoir de Véra, motivé :

« Pour votre première journée, il faut que vous rangiez le couloir du fond. C'est plein de vieilles carcasses. Vous me les triez. Pour cela, je vais vous montrer à quoi elles servent, et vous allez vérifier si elles marchent toutes, d'accord? »

Max n'a presque pas entendu ce que le vendeur lui a dit. Il le suit vers le fond de l'immense boutique, se prenant les pieds dans des amas de boulons et de vieux robots décrépis. C'est alors qu'il se rend compte que Véra l'appelle. Il veut lui montrer une machine. Max s'approche.

« Tu vois, il suffit de presser ce bouton. Après, des tas de parfums se projettent dans la salle, de façon intermittente. Les gens aiment beaucoup ce genre de gadgets, surtout les femmes riches…tu veux bien essayer? Ce n'est pas très compliqué. Quand tu as fini celle-là, appelle-moi. »

Max commence alors à travailler. Elle est vraiment incroyable, cette machine. Comment peut-on avoir emmagasiné autant d'odeurs différentes dans une toute petite boîte comme ça? De la lavande lui chatouille le nez, puis du chèvrefeuille, de la rose…

« On ne sent plus ce genre de choses dans les rues! » dit-il alors à Véra qui passe pour vérifier si tout va bien.

« C'est vrai. Les hommes aiment reconstituer ce qu'ils ont perdu. Tu sais, c'est comme toutes ces lumières que l'on projette dans les maisons de nos jours. On en oublie qu'avant, ces lumières ne servaient qu'à redonner de la vie à la nuit. Maintenant, cette pluie continuelle, tout ce gris…c'est trop triste. »

Des colorateurs capillaires, des vernisseurs d'ongles, des robots ménagers, et même toutes ces machines dont il avait entendu parler, mais auxquelles il ne croyait pas, sont là. Des robots habilleurs, des baignoires option jacuzzi et massages à ondes, et même ces enceintes de dix mètres qu'on met dans les discothèques de luxe…et puis des choses inutiles, des rasoirs électriques par exemple ! Qui se sert de ce genre de choses de nos jours ? Personne n'a de poils, à part les hommes malformés. Comme cela devait être gênant de se servir de ce genre de choses tous les jours…Il y a même une poupée qui traîne dans un coin de la salle. Max la prend dans ses bras et appuie sur son ventre pour trouver les fonctions de la machine.

« N'y touche pas. C'est un souvenir. »

Max la repose après avoir entendu le conseil de Véra. Elle n'a aucune option. Elle ne parle pas, ne crie pas. Aucune lumière, on ne peut même pas lui coloriser les cheveux ou lui incruster des diamants dans les ongles. Comme c'est démodé ces choses là.

Et cette machine, dans le fond du placard que Max doit ranger. Elle est entièrement noire, deux ou trois boutons, quelques fentes, certainement pour y introduire quelque chose. Une poignée pour la soulever.

« Ça non plus, Max…ça fait partie de mes archives. »

Véra semble s'impatienter.

Max se remet au travail, les yeux parfois déconcentrés par l'étrange machine noire.

Il est 20h00, et on vient de toquer à la fenêtre. Max, qui vient juste de revenir de chez Véra, s'approche. Il n'y a personne. Pas un chien. Les bruits de la nuit se propagent. Les hommes se divertissent. Du bowling lumineux, de l'aquasurf dans l'immense piscine couverte du centre, du golf magnétique…Ils s'amusent pour un prix modique. Les enfants sont certainement partis avec le Muse et les parents se changent les idées. Regarder sans cesse un écran, c'est si monotone, et puis, il n'y a que pendant la nuit que le soleil revient. Le soleil…c'est le nom que Véra a donné à cette installation lumineuse gigantesque qu'il a installé il y a déjà quelque temps pour que les promeneurs oublient la nuit. Il fait déjà assez sombre pendant la journée…

Un autre bruit…Max s'avance. L'homme barbu est à la fenêtre, il semble demander quelque chose. Après un moment d'hésitation, Max lui ouvre. Le vieil homme se met alors à lui parler, mais il ne comprend pas. Ce langage est mêlé d'archaïsmes, de mots oubliés…il parait venir d'un autre temps. Max essaye, par tous les moyens, de montrer au vieil homme qu'il ne comprend pas. Ce dernier prend alors la main de Max et y dessine un rond. Il vient récupérer le C.D. Max va le chercher et le lui donne. Celui-ci sort alors une boîte noire, semblable à celle du magasin. Il entre le C.D. dans une petite fente et l'air enchanté parvient aux oreilles de Max.

Le lendemain, dans la boutique de Véra :

« C'est quoi votre problème? Expliquez-moi au lieu de vous

énerver ainsi!

- On m'a vendu des couleurs défectueuses, je veux qu'on me les rembourse! »

Des cris ont perturbé la torpeur dans laquelle Max se complaisait depuis la soirée passée avec le vieil homme, qu'il appelle « le magicien » maintenant. Il se remémore tout du début jusqu'à la fin, jusqu'à son départ. Max reste perturbé par une image, qui lui revient sans cesse à l'esprit, ce moment où il a pris cette vieille boite de gâteaux, et où il s'est mis à créer un rythme envoûtant, quelque chose d'indescriptible. Comment a t-il cette faculté d'inventer des airs, de se fondre dans ses mélodies tel un sorcier?

Les cris se font de plus en plus intenses. Max, apeuré, s'approche de l'entrée de la boutique de Véra pour s'assurer que tout va bien. Les cris se sont interrompus. Véra est en train de signer un papier.

« Tenez, allez voir le patron de cette boîte. Il vous dédommagera amplement. »

CHAPITRE VI

LE MUSE

Dès le premier instant, Max avait senti qu'il ne pourrait plus se passer de cette musique.

Cette sensation de…comme si on volait, comme si le monde s'effaçait autour de nous, mais aussi comme si l'on comprenait mieux maintenant. Ce monde où il vit depuis des années ne lui suffit plus. Il n'est rien face à ce qu'il vient de découvrir, il n'est plus qu'un grain de poussière qu'un simple doigt pourrait faire basculer, une marionnette que l'on jetterait bientôt au feu.

Les soirées avec le vieil homme se sont multipliées. Max commence à le comprendre. Son langage ne lui est pas totalement étranger, il représente simplement un monde révolu, et n'est plus compatible avec le présent. Un jour, il lui était arrivé de faire tomber de sa poche un objet rectangulaire, fait de milliers de feuilles blanches, qui ressemblaient beaucoup à celles dont on enveloppe les hotdogs dans les rues. Le vieil homme le lui avait montré. Il se promenait toujours muni de cette chose et d'un morceau de bois, dont il se servait pour écrire.

Il avait des yeux mélancoliques, et certainement un esprit s'apparentant à la vieille boutique de Véra, rempli de tas de vieilles choses. Ses doigts fripés avaient l'agilité de ceux d'un jeune homme, lorsqu'il prenait cette vieille boite de gâteau, et qu'il frappait dessus de manière intermittente, afin de créer ce rythme, que Max reconnaissait chaque soir.

« Véra, Véra

Les couleurs pleines d'éclat

Véra, Véra

Venez voir c'est extra ! »

« Tu as vu, Max, on parle de ta boutique ! »
Max est descendu. Il regarde la télévision, intrigué. Une jeune femme resplendissante, blonde aux yeux bleus, chante la chanson de Véra. De magnifiques couleurs

tournent autour d'elle. Elle a ce sourire que Max n'aime pas.

« Je crois que je vais venir en acheter quelques unes… »

Max se retourne vers sa mère. De toute façon, elle n'y comprendrait rien. A quoi servirait-il que Max s'évertue à lui expliquer que les couleurs ne servent à rien, qu'elle ne serait pas plus heureuse après les avoir achetées. Max voudrait lui faire écouter cette musique… Il part, laissant derrière lui sa mère, et le rêve artificiel. Il se dirige vers la boutique.

« Bonjour ! »

Véra se retourne, il n'avait pas entendu Max rentrer.

« Il va falloir que tu accélères ton rythme de rangement. Du nouveau matériel ne devrait pas tarder à arriver, et j'ai peur de ne pas pouvoir tout stocker… »

Max acquiesce, ce va être encore une dure journée pour lui. Il est prêt à se diriger vers le fond de la boutique, quand il se retourne vers Véra.

« J'ai vu votre pub, elle est très jolie. »

Véra, concentré dans ses enregistrements de matériel et de commande, ne réagit pas.

« Je voulais vous demander… pourquoi des couleurs ? »

Véra a levé un regard noir vers Max :

« Que dis-tu ? A quoi servent les couleurs ? Mais tu le sais bien enfin ! Cela fait des années que j'ai inventé ce système ! Ne me dis pas que tu n'as pas de couleurs chez toi. Tu en serais malheureux. Je crée le bonheur. »

Max est parti, sceptique. Des couleurs ! Et pourquoi les hommes n'auraient-ils pas besoin d'autre chose ? Max s'abaisse pour ramasser une grosse machine en travers de son chemin.

« Il me semble en avoir vu d'autres… »

Il cherche l'endroit où ces appareils sont rangés. Max sait qu'il en a vu de nombreuses fois, lorsqu'il testait les parfumeurs de salles. Il se souvient qu'elles sont stockées par centaines dans un endroit sombre, près des téléviseurs. Au bout de quelque temps, il finit par trouver l'étagère.

Il s'avance pour y ranger l'appareil, quand une étiquette rose le cloue sur place. La machine lui échappe des mains, un énorme bruit retentit dans la salle.

« Mais, que se passe t-il ? »

Max, qui a repris ses esprits, répond :

« Ne vous inquiétez pas, ce n'est qu'un vieux tas de boulons sans importance. »

Il pose la machine à peine éraflée à cet endroit. Une larme coule le long de sa joue. Sur l'étiquette rose, est marqué le mot « Muse ».

CHAPITRE VII

LE PARADIS PERDU

Quelques jours plus tard dans la boutique de Véra :

Ah ! Cet endroit sombre, et toujours cette pluie que l'on finit par oublier. On s'habitue à ce bruit éternel, à cette impression que personne ne peut nous entendre.

« Encore des lumières défectueuses. J'aimerais que vous

fassiez un peu plus attention au matériel ! »

Véra parle avec un grand homme. Max s'approche, curieux.

L'homme semble gêné. Il se ronge les ongles nerveusement tout en fixant le sol.

« Que voulez-vous ? Vous avez embauché cette ferraille, il faut bien s'attendre à ce que ça ne marche pas tout de suite comme sur des roulettes !...ou des boulons, devrais-je dire ! »

L'homme rit dans sa moustache. Il a un air méprisant que Max n'aime pas. Véra bout sous cet air maîtrisé, comme s'il gérait la situation.

« Je ne vais pas pouvoir éternellement envoyer des clients voir Snob. Il ne pourra pas toujours leur offrir des séances gratuites pour qu'ils se taisent !

- Prenez patience. Ce sera vite réglé.

- J'y compte bien. »

L'Homme part en claquant la porte. Véra sort de sa poche une fiole verte dont il boit le contenu à pleine gorgée.

Max se replonge dans son travail.

Cependant, quelques jours plus tard :

« Cela fait quand même plusieurs fois que je viens vous voir pour des couleurs défectueuses ! »

Il y a du bruit près du bureau de Véra. Encore un client mécontent. Ils se succèdent ces derniers temps, chacun ayant une bonne raison de se plaindre. Hier, c'était un diffuseur de parfums qui ne marchait pas, il y a trois jours c'était pour un limeur à ongles. Et chaque jour ils viennent pester contre ces couleurs qui ne fonctionnent pas, et Véra s'arrange toujours pour que cela ne fasse pas de vagues. Il leur donne un papier, puis ces derniers repartent calmés.

Il paraîtrait que certains industriels détendent leurs salariés en leur offrant des séances de relaxation. Max en a entendu parler dans le supermarché. On sait que ce genre de boite a beaucoup de succès ces derniers temps. On y rencontre des gens de tout âge, de tout milieu.

Quelqu'un vient d'entrer dans la boutique. Max a entendu la

petite sonnette de la porte. Il s'approche.

« Mon collègue t'a envoyé quelques nouvelles machines. Ça a un succès fou ces boîtes noires pour les enfants ! Je sais qu'il s'est construit une réelle mine d'or, mais cet enfoiré ne veut pas me le dire ! »

Véra appelle Max. Celui-ci s'approche et découvre un mont de boîtes noires aux pieds du bureau. Tel un flash, l'image de sa sœur morte lui revient. Il titube, blanchit.

« Alors ! Tu te magnes ! Ramasse-moi ça et vas le ranger. C'est le code 05, rose, le Muse. »

Sans parler, Max prend une, deux boites et part dans le fond du magasin.

« Quel empoté ! »

Max revient et ramasse de nouveau plusieurs boîtes, mais cette fois-ci, il se dissimule derrière un mur de robots ménagers, et écoute la conversation.

« Tiens. Prends ça, ça te fera du bien. Et puis, donne-en une aussi à ton patron. »

L'autre part, satisfait.

Max parcourt les rues inondées de la ville. Il a dans ses mains un papier rose qui donne droit à une séance de relaxation offerte par le « Paradis Perdu ». L'assassin de sa sœur y est certainement. Max veut voir cet homme. Il est en train de réfléchir à la façon dont il va engager la conversation. Raconter la mort de sa sœur serait ridicule, et puis cet homme sait très bien ce qu'il fait subir aux enfants. Il a conçu cette machine pour ça, pour produire de l'argent avec la mort. Max a longtemps hésité avant de voler un de ces papiers cachés dans le tiroir du bureau de Véra. Il n'est pas habitué à se comporter de cette manière. L'Homme parlait, il l'observait. Ce sourire au sujet de cette machine assassine, la couleur de ses yeux lorsqu'il prononçait le mot « argent », ces jambes électriques comme s'il ne se maîtrisait plus. Mais ce sourire…c'était comme s'il vivait dans une bulle, et les morts n'importaient plus. Un clignement de l'œil pour remercier Véra qui lui avait donné le papier, puis il avait disparu rejoindre ce collègue richissime, le meilleur de ses amis.

Un décor sublime se découvre à lui. Cette devanture bleue, aux guirlandes dorées, cintrées d'or, cet écran qui vous dépeint un autre monde, qui vous décrit en plein rêve, cueillant des fleurs, buvant le jus de fruits inconnus. Il découvre les sensations que pouvait nous donner le contact avec la nature, il y a longtemps. Max s'approche de l'écran, comme s'il voulait se fondre à l'image. Il a l'air hébété, la bouche grande ouverte, les yeux brillants devant ce décor utopique.

« Votre billet d'entrée, monsieur. »

Il se retourne. Un homme imposant est posté devant lui, et tend la main. Après quelques secondes de réflexion, Max lui donne son invitation.

Une odeur de bonbon attire Max. Des odeurs sucrées se propagent dans la salle. Max s'avance timidement. La pièce est enfumée. Un épais brouillard empêche de voir quoi que ce soit. Max se cogne contre quelque chose : c'est une femme. Elle se déplace sans se plaindre, sans aucune réaction. Max la regarde partir, la suit. Il la voit s'assoir près d'un homme, et lui offrir un verre. Le brouillard est un peu moindre là où il est arrivé. Des hommes sont assis autour de tables rondes où de jeunes femmes viennent les servir. Certains fument, d'autres dégustent des pastilles multicolores présentées de manière harmonieuse. Max s'assoit. Une jolie jeune fille, qui n'a certainement pas plus de vingt ans, s'approche de lui.

« Votre carte. »

Max prend ce qu'elle lui présente : c'est une mini tablette. Il appuie sur les boutons. Une liste infinie de douceurs s'affiche à l'écran. Le terme « médicaments » serait certainement plus adapté.

Des cachets, soignant tous les maux, de la migraine à la dépression, passant par les douleurs abdominales et la bile noire de nos ancêtres. D'autres peuvent remédier au mal de cœur, ou vous redonner confiance en vous. Max change de page.

Il passe à celle des drogues douces, des cachets ou boissons aphrodisiaques, des pilules ne se prenant qu'accompagnées d'alcool…ou d'une femme. Il a aperçu en entrant une femme pomponnée, à jupe courte et aux talons forts hauts, emporter un homme et se faufiler derrière un rideau. A ce moment précis, une autre juste derrière lui, embrasse un gentleman à peine sorti du bureau. Une blonde s'est approchée de Max. Intimidé, il se demande s'il s'agit réellement de lui ou de quelqu'un d'autre. Il se cache derrière son écran.

« Vous ne l'avez pas mis ? »

Elle lui montre du doigt quelque chose caché derrière lui. Il se retourne, une sorte de prise électrique est placée à cet endroit. Il affirme à la jeune femme qui insiste qu'il ne possède ni ordinateur, ni téléphone. Elle lui présente donc une longue rallonge tentaculaire qu'elle lui applique sur la tête. Max regarde tout autour de lui et se rend compte que tous sont munis de cet appareil, et la coiffure de la serveuse laisse entrevoir un fil argentée placé près de son oreille gauche.

« Vous n'avez jamais essayé ? Ça va aller. On va y aller tous les deux. Ecoutez cette musique. Elle vous détendra. »

Pris de panique, Max décroche l'appareil de sa tête et se précipite vers la sortie.

CHAPITRE VIII

ROX 321

Max court à perdre haleine. Des souvenirs sont revenus à la surface. Cette pieuvre métallique qui s'apprêtait à lui triturer les neurones, cette ambiance de fraiche nature oubliée, ces cachets, ces drogues, ce corps squelettique étendu dans un lit, et ce monstre qui lui avait fait oublier de vivre…c'était le Muse. Cet amoncellement de névrosés auxquels on faisait croire à un monde perdu à jamais… Qu'était-il cet inventeur pour endormir ce monde jusqu'à le tuer ? A quoi pouvait-il ressembler derrière ce masque de bonheur fabriqué ?

Max s'arrête. Une silhouette frêle semble le regarder. Seule, assise contre ce mur, elle gît telle une poupée désarticulée que l'on aurait jetée. Il s'approche pour tenter de voir de plus près cette ombre féminine, ces yeux qui brillent à travers la pénombre, tels des diamants. Elle se dévoile peu à peu, une longue mèche tombe devant les yeux de cette créature qui semble s'être écroulée contre le mur humide, et s'être laissée glisser dans cette immense flaque d'eau grisâtre. Le cou comme brisé, elle reste là sans bouger, la bouche entrouverte, dépourvue de souffle humain. Elle donne cette impression pour Max de se retrouver face à un corps mort, que l'on aurait jeté dans cette rue après l'avoir assassiné.

Il la regarde longuement. Il tente de comprendre les raisons de sa présence ici. Les yeux comme éteints, semblent se noyer dans l'eau où on les a plongés, et un certain charme pourtant les embaume. Max l'observe minutieusement, cette image l'intrigue, surtout ce fil argenté qui pend le long de sa tempe, qui l'attire. Il aimerait le toucher pour essayer de percer ce mystère étendu devant lui. Il s'approche du visage immobile, et examine ce fil qui se propage parmi des cheveux doux comme de la soie. Celui-ci semble rejoindre une sorte de trou glacé. Il soulève les cheveux : une espèce de prise minuscule scintille.

Il sursaute. Il lui semble avoir entendu un bruit. Max recule promptement. La jeune femme semble se réveiller. Ses yeux roulent, ses doigts tremblent. Ne sachant comment réagir, Max bredouille quelques mots :

« Vous m'entendez ? Comment allez-vous mademoiselle ? »

Puis il s'arrête. Il se sent ridicule, peut-être s'est-il imaginé qu'elle se réveillait.

C'est alors que le corps qui paraissait inerte se soulève d'un bond et retombe brusquement, laissant entrevoir une plaque métallique collée dans son dos.

Elle semble revivre.

Comme déréglée, elle sursaute continuellement, et les yeux semblent s'imprégner d'une lueur soudaine.

Un bruit se fait entendre. Max, pris de panique, attrape la jeune fille et se cache avec elle derrière des poubelles. Un immense véhicule approche. « Ce sont eux. ». Il reconnait les débroussailleurs, ces hommes qui ramassent les bennes à ordures, les corps morts et la ferraille.

« Pourquoi fais-tu cet air là ? »

Ils discutent.

« C'est bizarre… On vient de m'appeler pour me dire qu'un Zuma défectueux avait été déposé ici. Le Rox 321 je crois.

- Encore un qui a voulu récupérer les pièces.

- Tu as raison. C'est certainement ça. »

L'énorme camion démarre tel un bolide, projetant derrière lui toute l'eau de la rue.

Max la regarde. Elle semble s'être calmée et fixe de nouveau le sol mouillé. Il avait déjà entendu parler de robots ménagers, ouvriers, coiffeurs, vendeurs, mais jamais de « zuma ». On ne donne pas ce nom à n'importe qui, c'est certainement une nouvelle marque de robots. Quand il s'agit d'un pauvre homme mort dans la rue, on n'utilise pas ce nom là. Son regard tombe alors sur un objet métallique placé autour du poignet de la jeune femme. Il prend son bras délicatement. Sur cette gourmette, il est écrit : « Rox. 321 ». Il le lâche brusquement. Et si c'était elle, ce « zuma »... Quoi qu'il en soit, même après avoir entendu ce mot, Max ne pouvait détacher son regard de cette créature. C'était une femme. La fraîcheur de son teint révélait la jeunesse d'une jeune femme de vingt ans. Ses cheveux doux portaient à croire qu'elle aurait pu se les laver la veille, pour se préparer à l'on ne sait quel rendez-vous.

Max arrive chez lui. Il est accompagné. Il ne sait pourquoi il a décidé d'emporter ce corps endormi et réveillé à la fois, cette image qui semble lui rappeler quelqu'un, et qui garde ce charme surprenant, presque surnaturel, qu'il ne peut expliquer. Il appelle Maman Saxie. Personne ne répond. Elle n'est même pas dans son fauteuil habituel, et l'écran est éteint. Il dépose la jeune femme à cette place vide et se dirige vers la table de cuisine où il pense découvrir un petit mot, celui de maman Saxie, lorsqu'elle pense revenir tard. Il est beaucoup moins fréquent ces derniers temps qu'elle s'absente, mais Max a gardé cette habitude, même quand elle sort deux minutes pour sortir les déchets.

Il n'y trouve qu'une pub où l'on peut lire : « Entrée gratuite au centre du bonheur. Venez vous ressourcer, vivre les joies de la nature. ». Le coupon d'entrée a été arraché. Max regarde l'adresse :

Muse 451

21 rue life

Max ne se rend même pas compte qu'il vient de chiffonner le bout de papier qu'il tient dans les mains. Des bruits de frottements se font entendre. Max se dirige vers le fauteuil, la jeune fille se débat dans un rêve inconnu. Ses yeux devenus rouges, se tournent et laissent apparaître leur blanc. De ses lèvres tremblantes ressortent des cris stridents. Max s'approche d'elle et la prend dans ses bras. Il attrape la télécommande et allume l'écran, comme lorsqu'il voulait détendre maman Saxie. Petit à petit, ses secousses et ses cris semblent s'affaiblir, puis elle s'effondre, comme endormie. C'est alors qu'on entend : « Nous vous signalons la disparition d'un zuma nommé Rox 321. Si vous le rencontrez, prévenez tout de suite les autorités. Celui-ci est dangereux et imprévisible. »

Maman Saxie n'est toujours pas revenue. La jeune fille dort certainement, même si elle garde les yeux entrouverts. Un bruit aigu se fait entendre par moments, mais il ne sait toujours pas d'où il vient. Il a beau chercher, il lui semble qu'il provient chaque fois d'un endroit différent.

On toc à la fenêtre. Max sait que c'est ainsi que le vieil homme l'appelle certains soirs. Il s'approche. C'est bien lui. Il lui ouvre et l'emmène pour lui montrer la jeune femme qu'il a allongée dans le fauteuil pour qu'elle se repose. Le vieil homme passe sa main dans les cheveux de la belle, comme si c'était instinctif. On entend un « clic » et le visage s'illumine, les yeux bougent, se referment, et la bouche s'ouvre pour laisser entendre le doux bercement du souffle d'un être endormi. Le bruit a cessé.

Max regarde le vieil homme. Son habilité l'impressionne. « Il a dû être savant » pense t-il intérieurement. Un son aigu et discontinu se fait entendre. Il semble se rapprocher de la maison à une vitesse folle, tant son intensité s'accroit rapidement. Il parait maintenant jouxter la porte d'entrée. Le son s'engouffre dans la maison. Max est obligé de se boucher les oreilles. Il ferme les yeux un court instant, étourdi. Lorsqu'il les ouvre de nouveau, il se rend vite compte que la jeune fille a disparu. Il a juste le temps d'apercevoir le vieil homme, qui s'enfuie en la portant dans ses bras. Le bruit s'éloigne et Max porte son regard sur la pub, toujours sur la table.

CHAPITRE XIX

LE REPAIRE

Décidé à la retrouver coûte que coûte, il se faufile dans les rues à la recherche de ce centre où sa mère est certainement allée. Il pleut toujours, infiniment, et il n'arrive pas à distinguer les formes. Le bord des trottoirs lui semble bien plus éloigné et il s'y cogne sans arrêt. Il a beau resserrer sa capuche, le vent y entre, y apportant la pluie et la grêle mélangées. Il commence à avoir froid et, pour s'abriter un peu de cette pluie, il se faufile dans un recoin. En prenant son temps pour apprécier ce moment de sécheresse, Max regarde aux alentours et aperçoit une ombre. L'homme semble grand et fort. Il a une carrure impressionnante et se dirige d'un pas élancé vers le bout de la rue. Max se sent gêné, comme s'il rencontrait une connaissance. Des souvenirs lui reviennent, il arrive à reconstituer cette image, cette apparence d'homme savant, qui vient de le quitter. La jeune femme n'est plus à ses côtés. Max s'approche de lui, lui attrape le bras. Ce dernier sursaute, et le regarde d'un air apeuré. Max, de rage, lui crie ses inquiétudes et sa déception face à cette lâcheté.

« Pourquoi es –tu parti ? De quoi as-tu peur ? Et pourquoi emmener cette fille avec toi ? »

Le vieil homme, incapable de s'exprimer correctement, émet un petit cri qui pourrait s'apparenter à de la tristesse, ou de la douleur. Il lui prend la main, et l'emmène loin dans cette nuit profonde, humide, et cachée par ce brouillard qui lui donne une apparence fantastique. Au loin, on croirait voir un enfant tenant la main de son père, tant le vieil homme est grand.

Max ouvre les yeux. On vient de le faire entrer dans un hangar désaffecté, après avoir fait un trajet incommensurable en métro, et avoir marché indéfiniment sans s'arrêter. Les rats abondent, on sent comme une odeur de chat trempé, de pourriture, comme ce bâtiment en lambeau, en état de décomposition. Max se bouche le nez, l'odeur est insupportable. L'homme lui ouvre une porte massive qui se referme lourdement derrière lui. Il entre dans une salle curieuse, aux allures d'ancien laboratoire. Tous ces engins un peu partout lui font penser à des instruments de torture : pinces, couteaux, paires de ciseaux, poinçons, tournevis, marteaux, clefs, piques…tout y est pour mettre en marche l'imagination démesurée de notre personnage. Un lit y est disposé de manière élégante ainsi qu'une petite table sur laquelle est déposée une lampe de poche et encore ce bout de bois et ces feuilles blanches collées les unes aux autres sur lesquelles il écrit. Des tas de livres sont entassés. Ils recèlent cette bonne odeur de poussière d'Histoire que Max reconnait maintenant. Le vieil homme se dirige vers une petite porte dérobée qu'il ouvre doucement, comme s'il ne voulait pas faire de bruit. Max s'approche, il semble lui montrer quelque chose. Plusieurs lits sont disposés dans cette salle de taille moyenne et très sombre, et à l'intérieur d'un des leurs est endormie une jeune fille qui lui est familière. Max sourit, comme s'il venait de retrouver quelque chose qui lui était cher. C'est bien elle, et encore plus belle qu'avant. Endormie telle une enfant, elle exerce un charme que Max n'avait jamais connu auparavant. C'est alors que cette image lui revient tel un flash. Il la voit rire, maquillée, heureuse. Il la voit dans un autre lieu, parlant de sa vie comme si c'était un rêve, puis une image bien plus cruelle vient l'assaillir tel un coup de massue. Elle est morte, devant lui, étendue dans son sang... « Elle n'avait pas mis ses chaussons flight ?... »... « Elle est morte ! »... « Elle est morte ! »... « Ne vous inquiétez pas, nous retrouverons très vite une autre chanteuse »… Max, sortant d'un bond de son rêve, s'écrie : « C'est Roxanne ! »

« C'est Roxanne, tu te rends compte ? »

Max est assis sur un des fauteuils abimés du vieil homme. Il a devant lui un grand bol d'une mixture qu'il n'ose boire. Le vieil homme, devant lui, le regarde, l'air embarrassé.

« Elle était chanteuse, je l'ai vue mourir et la voilà de retour ! C'est incroyable. Les hommes doivent être des génies pour pouvoir faire revenir un être à la vie. »

L'homme a posé une main devant ses yeux. Il tremble. Max a comme l'impression qu'à ce moment précis, il voudrait parler. Quelque chose en lui bouillonne. C'est alors qu'il se lève et se dirige vers le fond de la pièce. Max regarde le bol, porte le liquide chaud à ses lèvres, fait une grimace, le repose.

Le vieil homme s'est dirigé vers le fond de la salle. Un bruit énorme se fait entendre. Max, intrigué par le paquet de feuilles et le bâton posé sur la table de nuit, s'en approche subitement et l'ouvre. Il le feuillète très vite, de peur qu'on ne le surprenne. Des pas se rapprochent. Il le repose et se dirige vers sa place, comme si de rien n'était. Max a le regard perdu, il semble divaguer. Des mots l'ont frappé, un en particulier, celui de « robotique ». Il le connait. Il fait partie de sa langue. Il sait qu'il pourrait être capable de déchiffrer le langage du carnet. Certains termes lui sont familiers. Il se souvient de noms qu'il a entrevus, rangés dans un tableau. Celui de Roxanne était le dernier. Son regard tombe sur celui du vieil homme. Max, sorti de sa stupeur, observe ces mains de bricoleurs, ces yeux de génie, cette barbe que les gens n'ont plus, cette vieillesse improbable. La pièce elle-même est à son image. Aucun écran. Des câbles, des batteries, des pièces de toutes sortes sont amoncelées dans un coin de la salle. Le maitre de ces lieux reste, en effet, bien mystérieux. Alors qu'il le connait maintenant depuis plusieurs mois, Max se rend compte qu'il ne sait rien de lui.

Max se réveille. Il ne s'est même pas rendu compte de son assoupissement soudain dans le fauteuil abîmé, mais néanmoins confortable de cette chambre... ou cette habitation, car les autres pièces en réalité ne peuvent être comparées qu'à des placards.

Il se frotte les yeux. Le réveil est difficile. Après tous ces évènements, il faut bien admettre que depuis quelques jours, son sommeil est plus que compromis. Et puis...la table semble trembler. C'est certainement ce bruit léger qui en est la cause. C'est comme si l'on bougeait violemment quelque chose, comme si l'on se heurtait à une quelconque résistance. Max se lève. Le bruit provient de la salle avoisinant celle de Roxanne. Il s'approche, le bruit se fait de plus en plus présent. Il ouvre doucement la porte et découvre le vieil homme, le corps penché sur celui d'une jeune femme. Max se précipite et voit, les yeux ébahis, en poussant un cri étouffé presque imperceptible, le corps mutilé d'une jeune femme, de celle qu'il avait cru être Roxanne. Le vieil homme, apeuré, montre de sa main le ventre ouvert de la jeune femme, laissant apparaître un circuit électrique. C'est bien un robot, mais une telle perfection dans la représentation de la nature avait su jusqu'à maintenant créer l'illusion et la rendre réalité.

Max, se sentant trahi, s'enfuie, poursuivi par le vieil homme. S'en apercevant, il accélère mais est vite rattrapé à travers le labyrinthe tortueux, le vieil homme ayant pris un raccourci. Un coup violent lui est assené sur la tête. Il s'effondre, inconscient.

La douleur est intense. La partie arrière de son crâne semble paralysée. Max ouvre les yeux difficilement, juste assez pour apercevoir le vieil homme, en train de lui éponger le visage. Des images lui reviennent. Il revoit la table d'opération, le corps de Roxanne. Il tente de se relever mais il se rend vite compte que ses bras et jambes sont attachés au fauteuil sur lequel il est étendu. Il tente en vain de se débattre. Le vieil homme lui prend brusquement le bras en faisant signe qu'il vaut mieux pour lui de se calmer. Max refuse. Il tente d'arracher les liens, de les briser par des mouvements brusques. Le vieil homme baisse la tête, comme pour réfléchir, puis s'en va soudainement, laissant Max en proie à ses sursauts convulsifs.

Max se réveille de nouveau. Il a dû encore s'assoupir, épuisé par ses crises de panique. Tout semble flou, comme s'il sortait du brouillard. Après quelques efforts, il arrive à tourner la tête malgré son cou engourdi. Le vieil homme est à côté de lui, ainsi que Roxanne qui est assise sur une chaise, le regard dans le vague, comme éteint. Il se munit d'un tournevis, et se penche sur le dos de Roxanne. Max ne peut réagir, ses membres semblent encore endormis, même s'il est détaché. Un simple mouvement du doigt est pour lui un effort surhumain.

Le vieil homme a tourné Roxanne pour que Max voie son dos. Un circuit électrique semble bouleversé par de irrégularités, de petits éclairs qui constamment font sursauter Roxanne. Ses yeux tremblent, sa tête bouge comme celle d'une marionnette désarticulée. Max entrevoit son regard à chaque perturbation, comme si un orage avait pris place en elle, et la dérangeait continuellement. En tournant son regard, il se rend soudain compte que le vieil homme a posé son doigt sur une plaque en métal. Il lit avec difficulté : INDUSTRIE MUSE.

Il reconnait ce nom. L'homme qui a tué Roxanne est le même que celui qui a assassiné sa sœur. Des visions lui reviennent, Max est épuisé, et s'endort de nouveau.

CHAPITRE X

LE REVEIL

Après plusieurs jours, Max se remet de ses crises et s'interroge sur le mystère dans lequel il se sent plongé. Il laisse ainsi place à d'autres réflexions. Ce monde qui lui semble insensé, ces hommes qui s'entretuent et s'ignorent, cette claustration perpétuelle qui provoque ce mal-être qui s'étend, se propage. Toutes ces idées se rassemblent pour laisser place à l'image d'un monde qui n'est pas, qui ne peut être le sien. Comment expliquer la mort de tant d'hommes,et ces corps transformés en robots ? Pourquoi ? De quoi tous ces gens sont-ils coupables ?

Il a beau chercher la raison de tout ce désastre, il ne trouve aucune réponse.

Il fait froid. Max plonge les mains dans ses poches et en ressort un papier chiffonné : « Muse 451, 21 rue life ». Lui aussi avait oublié. Le souvenir de sa mère avait été absorbé par tous ces évènements. Il est devenu l'un des leurs. Aussi froid que le commun des mortels. Le papier se froisse, emprisonné dans la main solide de Max, et s'élance dans les airs, tandis que le jeune garçon se précipite dans les rues sombres et pluvieuses.

Max s'est arrêté devant une vitrine. Un regard a pénétré le sien alors qu'il se dirigeait vers le centre Muse. Il a tout d'abord cru que c'était un vendeur qui présentait de nouveaux vêtements, mais là, il s'agissait bel et bien du mannequin lui-même. Ce regard si profond fait penser à un homme que l'on aurait enfermé dans ce corps de cire. Le deuxième mannequin, lui, semble triste. Cette expression ne peut être là par hasard. Max baisse les yeux. Il se sent observé, scruté. S'agit-il d'une illusion, d'un délire de persécution ? Il pose une main sur la vitre. Une paupière clignote. Il recule subitement et manque de tomber, oubliant le rebord du trottoir. Epouvanté, il s'élance à travers la rue. Il est donc réellement devenu fou.

Le centre n'est plus très loin. Max compte les numéros avec difficulté, entre les nombreuses gouttes qui s'écoulent de sa capuche. Une grande porte rouge se présente au loin. Un cri se fait entendre. Max se retourne plusieurs fois, ne sachant d'où provient ce bruit. A travers la pluie, on perçoit une lumière rouge. Non, il y en a plusieurs. De nombreux points rouges se propagent de ce côté de la rue. Tout en s'approchant, Max arrive à distinguer un bruit aigu, presque imperceptible.

Il aperçoit maintenant des formes mouvantes, au déplacement mécanique. Ce sont des robots. Le bruit s'amplifie. Il devient insupportable. Max se bouche les oreilles. Il arrive à peine à entendre ce cri de terreur qui fend l'air et se propage. Lorsqu'il ouvre de nouveau les yeux, un corps est étendu sur le sol, le crâne fendu. Cette jeune fille avait craqué, elle aussi. Max se jette sur elle, essaye de la réveiller, de faire revenir à lui ce qui n'est déjà plus qu'un cadavre. Il vacille. Son esprit semble défaillir. Il a déjà vécu cette scène, et elle se répète, revient sans cesse, pour rappeler à Max que cette fois-ci encore, il est impuissant. Une femme s'approche de lui et lui demande, sans émotion, de lâcher la jeune morte, qui est alors emmenée par deux androïdes. Max s'effondre, il pose la main sur le sol comme si elle était encore là. Il réalise qu'il aurait pu se retrouver à sa place, le soir où le vieil homme s'est enfui, emportant Roxanne dans ses bras.

Que faire lorsqu'après tant d'années, on n'a plus aucune utilité ? Quand on se contemple dans un miroir sans en éprouver le moindre goût, quand on sait qu'on est dévoré par ce mal et qu'on finira par en mourir… Comment se contenir quand on a le sentiment de n'être plus rien face à cet écran qui nous obsède, nous dévore, nous consume… Quel est cet homme qui, après un âge avancé, sait garder la force de vivre et de croire en lui ? Imaginer une vie, se la construire, c'est ce qu'apporte un écran de nos jours, non pas la réalité. Chercher dans les méandres de son cerveau est devenu inutile, méprisable, honteux. L'homme ne sera bientôt plus qu'un robot, car l'androïde est bien plus utile que la société, et bien moins décevant que cette espèce imparfaite.

Perdu dans ses pensées, Max s'avance péniblement vers la porte rouge qui lui est revenue à l'esprit. Elle est colossale. Il n'ose entrer, c'est comme si cette bouche béante allait le dévorer dès qu'il y aurait mis le premier pied. Cette gueule d'au moins dix mètres de hauteur, dont le dessus se termine par des croles comme si un sourire s'y dessinait, l'intimide. Il pose le doigt sur une énorme sonnette. Une voix mielleuse se fait entendre : « Chambre des délices. A votre service. » Max bégaye quelques mots qui s'échappent péniblement de sa bouche. « Saxie…Mad… ».

Un symbole s'affiche soudain : « Recherche en cours. ». Il faut attendre. La machine est lente, ou perdue. Max commence à taper du pied, à se mordiller les ongles nerveusement. Pourquoi ne répond t-elle pas ? Ce n'est pas si compliqué ! Mme Saxie… Il veut juste Mme Saxie… C'est bien trop long. C'est anormal. Max tape du pied de façon intermittente. Maintenant son corps suit un rythme saccadé. Il cligne des yeux, et ne se rend même plus compte qu'il vient déjà de donner à plusieurs reprises des coups violents sur la machine. Il a baissé la tête et en faisant craquer ses doigts, a commencé à prononcer des paroles insensées et à pousser des petits cris de douleur, imperceptibles.

Un bruit le fait sursauter. Max tourne son regard vers la machine. « Aucun résident n'est répertorié à ce nom. » Max est pris d'une crise de violence. Des coups pleuvent, des cris de souffrance s'échappent de ses lèvres. Max regarde l'écran. Celui-ci n'a même pas réagi. Pas une fissure, pas une griffe. Il est imperturbable. Max pose une main sur son visage. Il pleure. Maman Saxie est partie… Que s'est-il passé ? Y a-t-il quelque chose qu'il n'aurait pas compris ? Aurait-il pu prévoir son départ ? Ses mains ensanglantées lui font mal. Il part, en traînant les pieds, secoué de sanglots.

Le vieil homme l'attendait depuis longtemps. Il a entendu la porte claquer, puis un bruit, comme si quelqu'un se laissait tomber nonchalamment. Il se dirige vers la chambre. Max est là, les mains rouges de sang, se cachant le visage pour pleurer. Le vieil homme s'assoie. Il le prend dans ses bras.

Max, instinctivement, pose une tête lourde et fatiguée sur l'épaule dure du vieil homme, puis il lève le regard vers la porte. Roxanne est là. Le vieil homme se lève, comme si quelque chose n'allait pas. Roxanne a le regard dans le vague. Elle semble bégayer quelque chose d'incompréhensible. Le vieil homme pose la main sur son épaule et la mène à sa place, près des autres androïdes. C'est alors qu'un hurlement de douleur se fait entendre. Roxanne ne veut pas s'assoir, elle cherche quelque chose. Elle se relève brusquement et traverse la salle pour se coller contre la porte qu'elle n'arrive pas à ouvrir. Des cris, des gémissements traversent la salle tandis qu'elle se laisse tomber le long de la porte, comme éteinte.

CHAPITRE XI

APOCALYPSE

Les hurlements de Roxanne ne cessent depuis quelques jours. Par moments, on a l'impression qu'elle essaye de prononcer quelque chose, comme si elle se souvenait, comme si une part d'elle- même combattait l'autre, au regard vitreux, artificielle, faites d'acier et de cuivre. Le vieil homme n'a pas l'air de réagir. Il attend, inlassablement…mais quoi ? Max n'en a aucune idée. Lui, depuis sa dernière aventure, ne cesse de ruminer, de se questionner, pour essayer de comprendre ce qui a bien pu se passer. Peut-être maman Saxie était-elle revenue…peut-être ne reviendrait-t-elle plus… Elle ne serait pas partie sans une bonne raison, sans cette envie d'ailleurs que trouvent les gens dans ce centre, que d'autres peuvent payer dans des centres de relaxation.

Roxanne recommence. Max se lève et tente de lui prendre la main. Roxanne est collée à la porte, elle l'a tant griffée que de longues tranchées la traversent, semblables aux rides qui se sont dessinées sur son visage. Elle a baissé le regard vers la main de Max. Les cris se sont tus, laissant place à des larmes qui s'écoulent abondamment de ces yeux inexpressifs. Max s'assoie tout en gardant la main posée sur le poignet blanc de la jeune femme. L'un à côté de l'autre, ils sont comme deux orphelins, perdus dans un monde qui n'est pas le leur. Les lèvres de Roxanne tremblent, elle veut parler, mais cet effort est bien trop considérable. Sa bouche se déforme, et laisse sortir un son guttural, un mot qui ne peut percer, coincé, emprisonné au fond de cette gorge, de cette caverne métallique. Le son évolue, les lèvres s'entrouvrent, se ferment, une variante plus aigüe se fait alors entendre : « Pitié ». Max se retourne vers elle, il n'a pas compris, mais lorsqu'il lui demande de répéter, Roxanne a déjà fermé les yeux, épuisée. Max, lui aussi, sent peser sur ses paupières toutes ces nuits passées à réfléchir. Ils s'endorment tous deux, main dans la main.

La pièce a tremblé. Max s'est réveillé en sursaut, empris d'une fureur inimaginable, prêt à tout casser, à détruire tout ce qu'il rencontrerait. Il a claqué la porte puis s'est enfui, laissant Roxanne sortir à son tour pour le rejoindre. Les hurlements que nous entendons maintenant sont ceux de Max, une douleur trop longtemps cachée, enfouie, sortie pour ne plus avoir à être étouffée maintenant. Max cogne ses points contre les parois des murs, arrache tout ce qu'il trouve à sa portée. Il est à ce moment précis devant la porte du centre. Un homme vient d'en sortir, et Max profite de cette brèche pour se faufiler à l'intérieur du bâtiment. Une femme aux cheveux noirs vient le rencontrer : « Bonjour monsieur. Vous venez pour une séance de relaxation ? Un soin ? ». Max, les yeux rougis par la haine, retient ses poings tout contre lui : « Je veux voir ma mère. ».

La jeune femme qui ne semble pas avoir compris, répond, comme si de rien n'était :

« Ou alors, peut-être êtes-vous tenté par le voyage éternel ? »

Max l'observe maintenant, attentivement. Elle ne réagit même pas face à ce silence. Les yeux de Max devenus luisants s'apprêtent à déverser tout leur flot de tristesse sur ses mains meurtries. Elle reste imperturbable, les yeux vides de toute émotion. Max reconnaît ce regard transparent, dénué de toute humanité. Un fil dépasse de ces cheveux brillants de propreté. De rage, il l'arrache violemment. Le mannequin tombe telle une loque sur le carrelage doré du hall. Une sirène se met en marche. Une main vient d'attraper son bras. Roxanne est là, et elle l'attire vers la sortie. Cependant, Max résiste, il vient d'entrevoir une silhouette au loin. Ces cheveux, cette taille fine, squelettique… Il lui semble apercevoir sa mère dans l'ombre. Roxanne insiste en le serrant d'avantage. Max, comme hypnotisé par cette vision, ne réagit pas tout d'abord, puis il reconnaît le son aigu qui commence à se propager dans la salle, et finalement se laisse emporter par Roxanne et s'enfuit en tenant sa main.

Max s'est effondré en entrant dans la cave obscure du vieux. Il ne s'en souvient pas, mais son cœur lui a semblé éclater, des visions lui sont revenues, des flashs. La pièce s'est mise à bouger, les personnes à tournoyer, à se déformer autour de lui.

Les sons ne lui ont plus semblés les mêmes, comme transformés par l'hydrogène, comme métamorphosés en un instant.

Il se réveille. Son corps lui semble encore fatigué. Comme après une longue traversée du désert, il a soif. Une douleur profonde le terrasse continuellement. Elle lui rappelle que ce n'est pas fini. Une petite voix le berce, l'apaise. C'est Roxanne qui lui maintient une bouillotte d'eau froide sur le front. Elle est là, avec ces yeux doux, cette tendresse humaine presque oxymorique qui reste emprise d'une étrangeté irrésistible. Elle sourit sous cette apparence torturée, sous ce visage dévasté, abîmé de tant de souffrance.

Consciencieusement, elle tient inlassablement la bouillotte comme si elle soignait un autre elle-même, comme si le passé s'effaçait avec un peu de chaleur et de bonté.

« ça va. » Elle a parlé. Max la regarde. La première expression de Roxanne vient de faire son apparition. Il est bien trop ému pour dire quoi que ce soit. Les plus belles paroles sont bien celles que l'on ne peut prononcer. Il pose sa main sur la joue de la jeune femme et la caresse. Roxanne, bien que surprise, cède à la tentation. Ses yeux s'illuminent comme jamais auparavant.

Max a reposé sa main sur le côté mais il lui semble que Roxanne observe quelque chose. Elle a repéré un papier sur le sol : C'est l'invitation du centre déchirée. Elle la prend discrètement et la glisse dans sa poche. Elle sait que Max brûle d'impatience de repartir. Dans son cœur de métal, elle ressent comme une appréhension humaine, comme si un danger rôdait à cet endroit, comme s'il se préparait un évènement.

Max s'est endormi, apaisé. Elle pose ses lèvres sur la peau douce de Max et s'assoit à la table voisine. Elle prend un des crayons du vieil homme et se met à dessiner. Les lignes pleuvent comme si au plus profond d'elle-même, elle avait toujours voulu faire cela. Cette discipline, pratiquement oubliée de nos jours, mais tellement représentative des mouvements de la conscience et de l'inconscient humain, qui sont entremêlés tant et tant que Roxanne se retrouve emportée dans une recherche de son identité, au bout de cette mine. Au fur et à mesure, le dessin prend forme.

Elle ne remarque pas Max qui s'est approché d'elle, et regarde attentivement le dessin en progression, la main agile de Roxanne glissant sur le papier, et ces yeux brillants. Max s'assoit discrètement à côté d'elle, prend un crayon et le fait danser entre ses doigts. Cette légèreté, la sensation du bois. Il pose la mine sur un papier posé là et se laisse aller, à la manière de Roxanne, à imaginer, à relâcher toute cette souffrance sur la feuille. En peu de temps, la salle s'emplit des dessins des deux enfants.

Dans la petite salle où vivent nos deux compagnons s'est installé maintenant un éventail d'illustrations, toutes aussi différentes les unes que les autres. Les images volent, s'éparpillent sur la table, envahissent le sol. Roxanne et Max s'apprêtent maintenant à utiliser les murs pour y installer leurs œuvres. Oui, ce sont des « œuvres d'art », car qu'y a-t-il de plus sublime que la douleur, que cette humanité ressurgissante, vivante, magique ?

Par moments, lorsque l'espoir réapparaît, ce sont des maisons fleuries, des soleils qui apparaissent sur ce fond blanc, et l'on peut imaginer la multitude de couleurs qu'ils aimeraient y ajouter s'ils le pouvaient.

Une chaleur délicieuse s'est installée ici, parmi les rêves et les histoires que se fabriquent ces deux âmes, reconstruisant leur monde blessé, le leur. Un sourire est né sur les lèvres de Roxanne mais Max ne le voit pas, absorbé par sa tâche. Seul, il s'est mis à écrire, comme emporté par une rage soudaine, il s'exalte à cette pratique qui n'est plus de rigueur. Alors que de nos jours, on n'écrit plus que pour laisser des messages à ses proches ou pour rédiger des notes, Max redécouvre ce plaisir.

« Lundi

Quelle étrange sensation que d'écrire… Roxanne, elle, ne cesse de dessiner et il me semble que nous ressentons la même chose. Comme si ces images, cette écriture, venaient du plus profond de nous-même, comme si ce morceau de bois et nous ne faisions qu'un. Je ne sais pas si Maman Saxie aurait aimé cela... peut-être. Cela lui aurait peut-être permis de parler de toutes ces idées noires qui la traversaient et qui l'ont emmenée là-bas, près de la grande porte rouge... »

La feuille n'est déjà plus qu'une boule de papier. « C'est bien trop difficile d'écrire. » se dit Max, « Dans le fond, toutes ces choses enfouies ne valent pas la peine de ressurgir. Elles sont bien trop douloureuses à raconter. ».

Il regarde du côté de Roxanne, celle-ci vient de raturer rageusement son dessin, mais on peut encore distinguer la silhouette d'un robot, et ses yeux de meurtrier. Max prend la feuille et y ajoute un traie de sa main. Les yeux de Roxanne ont changé, ils reflètent maintenant un sentiment qu'on ne lui a jamais découvert auparavant.

Un son aigu s'est fait entendre. Les mains maintenant entrelacées se sont mises à trembler. Le vieil homme a surgi de sa tanière pour pousser ces deux enfants vers la sortie. Ils se sont précipités dans le couloir, avec l'étrange impression que l'Histoire se répétait indéniablement, avec désespoir. Le son, devenu de plus en plus intense, a traversé les murs, franchi la porte et occupé toute la place. Ils ont même eu l'impression qu'il les avait attrapés, enfermés dans sa bulle, prisonniers. Et puis ce silence, comme si le chaos avait pris place. Le sentiment d'avoir rêvé, puis plus rien. La course vers la tanière, et le visage du vieil homme, tenant dans sa main un objet minuscule, au son imperceptible et continu. Le sourire du vieil homme.

Deux cadavres métalliques gisent sur le sol, comme abattus par une force inconnue, ravagés par un ouragan. Les deux enfants n'ont pas entendu le bruit terrible, le résonnement de leurs carcasses sur le sol, le grondement de leurs entrailles alors que leur cœur d'acier ne laisse déjà plus ressortir aucune étincelle.

A ce moment, ils constatent le désastre, tous ces corps amoncelés sur le sol, sans vie, éteints, laissant à jamais disparaître la lueur d'humanité qu'ils gardaient encore en leur chair, tout comme Roxanne. Ils sont morts, comme ils auraient dû l'être depuis le début, comme on l'avait décidé bien avant de les enfermer dans leur coquille. Sans voix, Max et Roxanne contemplent le spectacle, comme après le passage d'un tsunami, laissant ces corps gisants, emportés par les coulées d'eau.

Les rues sont calmes, on n'entend plus que le bruit de la pluie tombant sur le sol, et sur les carcasses métalliques. La vie semble s'être arrêtée.

Plus un souffle, plus un bruit, juste le vieil homme et ces gouttes, évadées du plafond, qui perturbent ce silence autant qu'elle le peuvent. Max aurait bien aimé qu'elles y parviennent d'avantage, pour calmer cette étrange angoisse qui vient de s'installer, laissant ces deux amis comme perdus dans un espace-temps qui n'est pas le leur, dans une quatrième dimension.

Quel peut être cet objet capable d'arrêter la fuite du temps et de laisser ainsi l'œuvre humaine face à sa propre mort. Comment a-t-on pu, d'un simple claquement de doigts, éteindre tout ce qui n'est pas humain… Par cette simple action, le monde s'est arrêté de tourner. Plus de police, plus de lumières ou de golf magnétique. Plus d'écran, plus de Muse. Les hommes sont donc seuls ce soir-là, face à leur conscience. Une autre réalité a pris place dans tous les foyers.

Roxanne s'est enfouie dans les bras de Max, pensant et repensant à ce spectacle continuellement, comme unique rescapée d'un terrible génocide. En dessous de toute cette décharge, gisent des centaines, des milliers d'humains.

CHAPITRE XII

UNE AUTRE VIE

Une nuit calme. Un silence profond. Tous se sont endormis paisiblement, sauf Max, qui ne cesse de se remémorer ce spectacle. Le sourire du vieil homme ronflant dans sa barbe lui semble irréel. Le vide s'est introduit, le monde est comme disparu. On n'entend plus les clameurs du soir, la nuit ne vit plus dans ses lumières d'argent, et le soleil de véra n'existe plus. Il repense à la boutique, aux discussions avec Véra, à son paradis artificiel. Les hommes, malheureusement, sont dépendants de lui, de ses senteurs, de ses couleurs, de tout ce qui leur manque maintenant. Il les imagine chez eux, sans nourriture, sans jeux, sans lumière.

Depuis plusieurs jours, une clameur s'élève dans la cité. En se baladant dans les rues, Max a entendu dire qu'une terreur nouvelle s'était instaurée. Des hommes en furie entrent dans les maisons et pillent tout ce qui a de la valeur. Certaines de leurs victimes décèdent après être confrontées à une violence inimaginable, décuplée comme si elle était restée endormie depuis des siècles. Véra, paraît-il, a vu sa boutique saccagée, ses objets détruits et ses couleurs défectueuses traverser les fenêtres. On dit qu'il a longuement gémi, succombant ensuite à ses blessures parmi ses créations.

Les hommes devenus bêtes, revendent les objets volés pour avoir de la nourriture, s'attaquent aux femmes et aux enfants, à tout ce qui peut représenter le peu de beauté qui subsiste encore. On se lève pendant la nuit, croyant qu'ils sont à notre porte. On entend les hurlements des voisins sans réagir, paralysé par la peur. Un simple pas dans la rue peut nous mener à nous retourner, à suspecter quelque intrusion. Les familles ont déjà toutes faites leurs réserves pour un peu plus d'un mois, et attendent, cloîtrées chez elles, redoutant le moment fatal où il faudra sortir, fermant à double tour leurs verrous, se barricadant à l'aide de leurs meubles, de leur écran maintenant devenu un objet de décoration.

On les entend, ces cris, se propager dans les rues tels des fantômes. Ils approchent, et Max resté depuis quelque temps l'oreille collé au mur, sent qu'il faudra bien qu'il sorte avant eux, pour ne pas se faire repérer, et tuer comme tous les autres. Roxanne a compris. Elle est maintenant face à la porte qui la sépare du laboratoire du vieil homme. Il s'est enfermé et refuse de sortir. On ne sait s'il regrette son action, mais ce qui est certain c'est qu'il a décidé de se cacher pour ne plus voir son désastre. Les cris se sont rapprochés. Roxanne a rejoint Max, l'air désemparé, et le regarde longuement comme pour trouver une réponse. Elle montre la porte du vieil homme, sans comprendre. Max soupire. Il ne pourra pas le sauver. La porte est bien trop massive pour pouvoir faire quoi que ce soit, et le vieil homme le sait. Au fond, il se dit que son compagnon a surmonté bien d'autres obstacles, et que celui-ci lui paraît certainement insignifiant.

Max et Roxanne se précipitent dans le couloir, pour se faufiler parmi les multiples chemins du repaire. La sortie n'est plus très loin, mais les voilà stoppés de plein fouet. Max aperçoit une ombre dans un recoin. Tous deux se glissent dans l'ombre et échappent aux regards d'une bonne centaine de personnes, hurlant et vociférant des appels au massacre, des airs patriotiques détournés, brandissant des affiches de propagande, des symboles alarmants.

Les voyant s'éloigner, Max et Roxanne sortent, la peur au ventre. Ils n'ouvrent pas tout de suite les yeux, de peur de découvrir ce spectacle, qui pour eux restait la représentation des diffusions habituelles de l'écran, faites de sang et de peur, de mensonge et d'illusion. Ce ne pouvait être en aucun cas le fruit de cette réalité torturée face à laquelle ils se trouvaient, ce monstre créé par la société.

Des corps…des corps étalés dans la boue, tenant encore tout contre eux leur enfant, mort sur le coup. Des âmes, comme figées après une catastrophe, pétrifiées dans un moment qui sera pour toujours la dernière image qu'ils auront gardée avant de mourir. Des masses qui resteront là, sans sépulture, sans aucun centre pour les accueillir et leur montrer des images fabriquées, imaginaires, afin qu'ils partent heureux. Certains sont restés empilés les uns sur les autres, comme déchargés d'un camion. D'autres, n'ont même plus de vêtements, dépouillés de tout, même de leur dignité.

Max et Roxanne, main dans la main, ont dévalé les rues, se cachant des hommes, devenus pires que des machines. Lorsque la sortie de la ville leur est apparue, ils n'ont même pas eu à donner leur identité. Le gardien était éteint. Ils se sont enfuis pour respirer un autre air, découvrir les paysages du centre, reconnaître un soleil caché derrière ces nuages. Plus de barrières, de ville tentaculaire aux murs cernés de barbelés, de soldats pour empêcher de sortir. C'est peut être ainsi ce que l'on nomme « la liberté ».